JN335605

# めいたんていネートと なかまたち

めいたんていネートが、さまざまな じけんを、
みごとな なぞときで かいけつして いきます！

## ネート

じけんを かいけつする めいたんてい。
じけんのときは、たんていらしい かっこうで、
ママに おきてがみをして 出《で》かける。
パンケーキが 大《だい》すき。
よく はたらき、はたらいた あとは
よく 休《やす》むことに している。

いつもは
こんな かんじ！

じけんを かいけつちゅうの
ネートと スラッジ

## スラッジ

じけんの かいけつを
手《て》つだってくれる
ネートの あいぼう。
のはらで 見《み》つけた犬《いぬ》。
ふるくなった パンケーキを
たべていたので、ネートは
おなじ なかまだと おもった。

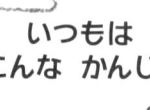

## ハリー

アニーの
おとうと。

## ファング

アニーの　犬《いぬ》。
でっかくて、
するどい　はを
もっている。

## アニー

ちゃいろの
かみと、
ちゃいろの
目《め》を　した
よく　わらう
かわいい子《こ》。
きいろが　すき。

## オリバー

ネートの
となりの　いえに
すんでいる。
すぐに　人《ひと》に
ついてきて、はなれない。
ウナギを　かっている。

## ロザモンド

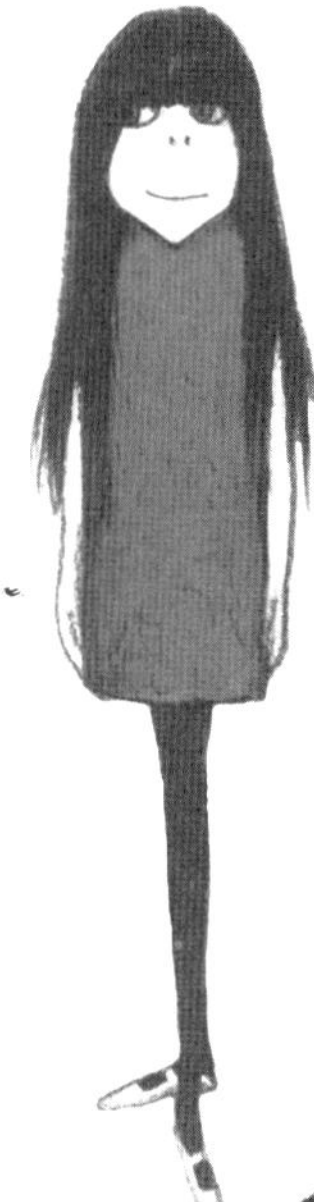

くろい　かみと、
みどりいろの
目《め》を　した　女《おんな》の子《こ》。
いつも　かわった
ことを　している。

### クロード

いつも
なくしものを　したり、
みちに　まよったり
している。

### エスメラルダ

りこうで、
なんでも
しっている。

### フィンリー

べらべらと
よく
しゃべる。

### ピップ

むくちで
あまり
しゃべらない。

### ロザモンドの ねこたち

スーパー
ヘックス

大《おお》きい
ヘックス

なみの
ヘックス

小《ちい》さい
ヘックス

## たんてい　しょくんへ

ひだりの　○○○の　中《なか》には、
なんという　もじが
入《はい》るでしょう？
こたえは、この　本《ほん》の
どこかに　あります！

いつも　きまった　じかんに　〇〇〇
わたしの犬《いぬ》　ダッドリーに　ささぐ
あなたの　おかげで　この　本《ほん》が　できました
マージョリー・W・シャーマット

ぼくは　めいたんてい

# にげだした ファングをさがせ!


マージョリー・W・シャーマット／ぶん
マーク・シーモント／え
小宮 由／やく



大日本図書

## まきの 1
# たんてい　きねん日《び》

ぼくは　めいたんていのネートです。

ぼくの　あいぼう、犬《いぬ》のスラッジも　たんていです。

ぼくらは　これまで、たくさんの　じけんを　かいけつしてきました。

きみも　たんていに　なって、じけんの　なぞを　ときあかしてみたいですか？

いいでしょう。

じつは、いま　すぐにでも、かいけつ　しなければならない　じけんが　あるのです。

いま、ぼくの　目《め》のまえに　ある、いちごあじのアイスクリームが、とける　まえに　かいけつ　するのです。

じゅんびは　いいですか？

その　じけんは、うちの　げんかんの　チャイムがなった　ときから　はじまりました。

ぼくは、げんかんの　ドアを　あけました。

すると　そこには、大《おお》ぜいの　人《ひと》と、ペットが　いました。

ロザモンドと　四《よん》ひきの　ねこ、
オリバーと　ペットの　うなぎ、
フィンリーと　ペットの　ねずみ、
それから　ピップ、
エスメラルダ、クロード、
アニーと、アニーの　おとうとの
ハリーです。
「たんてい　きねん日《び》、
おめでとう！」と、
ロザモンドが　いいました。

「あたしたち、あんたの　ために、たんてい　パーティーをひらきに　きたのよ。あんたは、たくさんの　じけんをかいけつして　くれたからね。」

### ナゾときポイント

めいたんていに　なるには、いかなる　ときでも、あらゆる　ことに　ちゅういを　はらわなければならないよ。そこに「あるもの」と「ないもの」をつねに　かんさつ　するんだ。さあ、なんだか　わかる？

ロザモンドは、大《おお》きな　はこを　二《ふた》つ　かかえていました。

「見《み》て！」と、ロザモンドは　いいました。
「こっちの　はこには、いちごあじの　アイスクリームが
入《はい》ってるの。こっちは　まぐろの　パンケーキよ。」
「まぐろの　パンケーキ？」と、
ぼくは　ききました。
「ぼくは、ふつうの　パンケーキが
すきだけど……。」
「うちの　ねこたちは、これが　大《だい》こうぶつなの。」
「そしたら　それ、ぜんぶ　ねこに　あげたら？」
と、ぼくは　いいました。

「とにかく　びっくり　したでしょ？」と、ロザモンドはいって、うちに　入《はい》って　きました。

「あんたは　めいたんてい　だけど、きょうは　みんながそろっちゃったから、さすがに　じけんは　おきないわね。ほっほっほっほっ。」

ロザモンドが　へんな　こえで　わらったので、みんなもわらいました。

ところが、ひとりだけ　わらっていない　人《ひと》が　いました。

アニーです。

アニーは、かなしそうな　かおを　していました。

「あたし、ファングも　つれて　きたかったんだけど……。」
と、アニーは　いいました。
アニーの　犬《いぬ》の　ファングは、いつも　アニーと
いっしょの　はずです。

**ナゾときポイント**

そこに　「あるもの」と
「ないもの」とは、
「ファングが　いなかった」　ということだよ。
気《き》づいたかな？

## まきの２
# ファングは　どこへ？

「ファングは　どこ？」と、ぼくは
ききました。
「にげ出《だ》しちゃったの。」
と、アニーは　いいました。
すると　ロザモンドが
いいました。
「さあ、じけんね。めいたんていの
ネートが、ファングを
見《み》つけ出《だ》すわよ。」
めいたんていの　ネートは、

そんなこと　したくありませんでした。
ファングのはは、日《ひ》に日《ひ》に　大《おお》きく　なって
いるからです。
すると、エスメラルダが　いいました。
「むりよ。だって　きょうは、たんてい　きねん日《び》
なんだから、たんていは　お休《やす》みでしょ？」
「じゃあ、こうしよう。」と、ぼくは　いいました。
「いまから　みんなが　たんていに　なれば　いい。
どうやったら　ファングが　見《み》つけられるか、ぼくが
おしえて　あげるよ。さあ、入《はい》って。」

## ナゾときポイント

**ファングを　見《み》つけるために　さいしょに
するべきことは　なんだと　おもう？**

めいたんていの　ネートは、アニーに　いいました。
「では　まず、きみに　いろいろ　おもい出《だ》して
もらわなければ　ならないよ。ファングは　きょう、
いつもと　ちがってた？　なにか　りゆうが　あったから、
ファングは　にげ出《だ》したに　ちがいないからね。
そして、ファングを　さいごに　見《み》たのは　どこで、
なにを　していたか。そこに　だれが　いたのか。」

「あたし、ファングを　ここに　つれてくる　じゅんびを　してたの。」と、アニーは　いいました。

「おふろに　入《い》れる　じかんが　なかったから、はねブラシを　つかったわ。」

「はねブラシで　どうするの？」

と、ぼくは　ききました。

「けを　はらうのよ。それで　きれいに　するの。」

## ナゾときポイント

もし　きみが　犬《いぬ》だったら、はねブラシで　けを　はらって　もらいたい？　ファングが　にげ出《だ》した　りゆうは、はねブラシの　せいかもしれない。

もし　だれかが　いなくなった　ときは、どうして　いなくなったのかを　かんがえよう。ファングの　気《き》もちになって　かんがえて　みるんだ。

「なるほど。」と、ぼくは　いいました。

「それで　ファングは　きれいに　なったと。ほかには？」

「きょうの　パーティーの　ために、ファングに　げいをおしえたの。」と、アニーは　いいました。
「このまえ　本《ほん》を　よんだのよ。犬《いぬ》に
げいを　おしえる　本《ほん》。ファングにも
ためして　みようと　おもって、
いくつか　おぼえさせたの。」
「どんな　げい？」
「一《ひと》つは『トリック　と　リック』
っていう　げいで、ファングに
『トリック』って　いうと、お手《て》を　して、
『リック』って　いうと、ペロペロ　なめるの。

それから『ウェイト と ゲイト』って げいは、まてと、もんへ いけってこと。あとは、『パーク と……』」
「うちの ねこたちだって、それくらい できるわ。」
と、ロザモンドが 口《くち》を はさみました。
「ファングは ぜんぶ おぼえたんだけど、あたまの 中《なか》で こんがらがっちゃったみたいで、『トリック』って いうと、お手《て》じゃなくて、ペロペロ なめちゃうの。でも ぎゃくに、『リック』って いえば、ちゃんと お手《て》を するから もんだい

ないわ。」と、アニーは　いいました。
「それは　よかった。」と、
ぼくは　いいました。
「ファングったら、ぜんぶ　ぎゃくに　おぼえちゃったのよ。
『ゲイト』って　いったら、まてを　しちゃうし、
パークって　いったら……。」
「ふわぁあ……。」
こんどは　フィンリーが　大《おお》きな　あくびをして、
アニーの　はなしを　とぎらせて　しまいました。

## ナゾときポイント

はねブラシと　犬《いぬ》の　げいは、手《て》がかりかな？
いまの　ところ　まだ　わかりません。
もし　わかったら、きみは　すでに　この　じけんを
かいけつ　したことに　なるよ。そしたら　ぎゃくに、
ぼくが　きみから、おそわらなければ　ならないね。

ぼくは、アニーに　いいました。
「ファングを　さいごに　見《み》たのは　どこ？」
「ええと、ファングと　ハリーと　あたしは、ここに
むかってて、ダートマスどおりと　オークデールどおりの

かどまで　きたの。そのとき、二《に》ひきの　小《ちい》さなプードルに　出《で》くわして、プードルが、とつぜんファングに　むかって　ほえ出《だ》したのよ。ファングがびっくり　しちゃったから、おかえしに　あたしがほえかえして　やったの。」

「そしたら？」

「そしたら、ファングが　にげ出《だ》しちゃったの。ダートマスどおりを　ぐんぐん　かけおりて　いっちゃって。ハリーと　あたしは、あとを　おったけど、ファングの足《あし》って　はやいから　見《み》うしなちゃった。」

「それは　つまり、ファングは　プードルの
あとを　おいかけて　いったってこと？」と、
ぼくは　ききました。
「いいえ。プードルは、そこに　じっと　してたわ。
たぶん　ファングは、プードルから
にげ出《だ》したんだと　おもう。」
「ちょっと　まって。ファングは、二《に》ひきの
小《ちい》さな　プードルよりも、十《じゅう》ばいは　大《おお》きいし、
つよいし、はも　するどいよね？　なのに、
その　ファングが　プードルを　こわがったり　する？」

「ええ。」と、アニーは　こたえました。

## ナゾときポイント

さあ、ここで　やって　ほしいことが　あるよ。
メモがみを　よういして、大《おお》きな
ファングが、二《に》ひきの　小《ちい》さな
プードルから　にげていく　えを　かくんだ。
そして　その　えの　下《した》に
「この　えの　どこが　おかしいか?」
と、かいて　おいて。

## まきの 3
# なぞの　おばさん

めいたんていの　ネートは、みんなに　こえを　かけました。

「きょう、ファングを　見《み》た人《ひと》は　いる？」

すると、ロザモンドが　いいました。

「この　じけんは、あたしに　まかせてちょうだい。あたしが　たんていの　リーダーになって、みんなの　いけんを　まとめるから。」

すると、めったに　しゃべらない　ピップが手《て》を　あげました。

「ぼく、見《み》たよ。ダートマスどおりの　おわりのほうで。みどりいろの　ぼうしを　かぶった　おばさんに　ついてってた。」

「ついてってたって？　いいね。ぼくも　ついていくの　大《だい》すき。」と、オリバーが　いいました。

めいたんていの　ネートは、オリバーが　くっつき虫《むし》だということを　よく　しっています。

やっかいな　くせですが、でも、こんかいは　やくだつかも　しれません。

ぼくは　オリバーに　ききました。

「きみは、　みどりいろの　ぼうしを　かぶった　おばさんについてったこと　ある？　それで　どこに　すんでるかしってる？」

「おばさんが、あちこち　かいもの　するのについてったことが　あるよ。でも、どこに　すんでるかはしらない。」と、オリバーは　いいました。

「ほかに、この　おばさんを　見《み》たこと　ある人《ひと》？」

と、ぼくは　ききました。

「あるぜ。」と、フィンリーが　いいました。

「いつも　バラの　耳《みみ》かざりを　つけてんだ。」

「それに、かみのけまで
みどりいろ。」と、
クロードが　いいました。
「それから、もこもこした
うさぎの　スリッパを
はいてたよ。」

**ナゾときポイント**

バラの　耳《みみ》かざり、
みどりいろの　かみのけ、もこもこの　うさぎの
スリッパ、これらを　どう　おもう?

ときに　たんていは、よけいな　じょうほうまで　えることが　あるよ。でも、じょうほうに　すききらいを　つけては　いけない。めいたんていは、すべての　はなしに　耳《みみ》を　かたむけるんだ。

「バラの　耳《みみ》かざり？　みどりいろの　かみのけ？　もこもこした　うさぎの　スリッパ？　どれも　へんなもの　ばっかりだね。」と、ぼくは　いいました。

「あたしは、へんだと　おもわない。それに　これは、あたしの　じけんよ。」と、ロザモンドが　むっとした　かおで　いいました。

オリバーが、ぼくの　かたを　とんとんと　たたきました。
「いいもの　見《み》せて　あげるよ。」と、オリバーは　いって、
ポケットから　しゃしんを　一《いち》まい　とり出《だ》しました。
「ぼく　ときどき、じぶんが　ついてった　人《ひと》の　しゃしんを
とってるんだ。これが　それ。みどりいろの　ぼうしを
かぶった　おばさん。」

## ナゾときポイント

これは　じゅうような　手《て》がかりに　なるかも！
ヒントは、この　おばさんが　もっている　かみぶくろ。
これって　ファングが　すきそうな　ものじゃない？

「この　おばさん、いろんな
ものを　かいまわってた
みたいだね。ほら、これは
にくやさんの　かみぶくろだ。」

　ファングは、この
おにくの　においに
ついて　いったのかもね。
犬《いぬ》は、とおくの　においまで
かぎつけるから。」

「じゃあ、この　おばさんを

さがし出《だ》せば、ファングも　見《み》つかるって　わけね。」

と、アニーが　いいました。

ロザモンドが、ぱんぱん！　と、手《て》を　ならして
いいました。

「さあ、じけんの　なぞが　見《み》えて　きたわ。かいけつしたら、たんてい　パーティーを　はじめるわよ。

あっ！　アイスクリームが　とけ出《だ》してる！」

「れいとうこに　入《い》れておこう。」と、ぼくは　いいました。

「だめよ！」と、ロザモンドは　いいました。

「これが　とけないうちに、じけんを　かいけつ　するの。」

「ぼくらは　きっと、いちごあじの　スープを　のむことに
なると　おもうよ。」と、ぼくは　いいました。

## ナゾときポイント

アイスクリームは、れいとうこに
入《い》れておくべきかな？
まあ、あまり　気《き》にしなくても
いいと　おもいます。
きっと、じけんには
かんけい　ないでしょうから。

## まきの 4
# ニシンの　くんせい

ロザモンドは　だいどころへ　いき、テーブルにアイスクリームの　はこを　おくと、ゆびにアイスクリームを　つけて　もどって　きました。

「みどりいろの　ぼうしを　かぶった　おばさんは、ニシンの　くんせいかも　しれないね。」

と、ぼくは　いいました。

「ニシンの　くんせい？」と、ロザモンドがいいました。

「それなら、うちの　ねこたちの大《だい》こうぶつよ。」

「ちがうよ、たとえさ。ニシンの　くんせいって　いうのは、
それが　手《て》がかりのように　見《み》えたり、おもえたり、
におったり　するけど、けっきょく　手《て》がかりでも
なんでもないってことさ。」
「じゃあ、いったい　どうしたら　いいの？」
と、アニーが　いいました。
「めいたんていの　ネートが　おもうに、ぼくたちは
もう　いろいろ　しゃべりすぎた。
つぎは、そとに　出《で》て、じっさいに　ファングを
さがし出《だ》すことだ。」

## ナゾときポイント

さあ、きみなら　どうやって　ファングを　さがす？
いままで　かきとめた　メモがみを　見《み》てみよう。
いろいろ　かいて　あるかも
しれないから、ぼくが　みじかく
せいりして　あげるね。

「かんがえられる　やりかたは　六《むっ》つ。
一《ひと》つ、ファングだけを　さがす。
二《ふた》つ、ファングと　みどりいろの
ぼうしの　おばさんを　さがす。

三《みっ》つ、ダートマスどおりと　オークデールどおりのかどに　いってみる。

四《よっ》つ、ダートマスどおりを　おわりまで　くだってみる。

五《いつ》つ、アニーたちが、ダートマスどおりと　オークデールどおりの　かどに　くるまでの　みちのりを　たどってみる。

六《むっ》つ、アニーの　うちへ　いってみる。もしかすると、ファングは　もう、うちに　かえってるかも　しれないからね。」

と、ぼくは　いいました。

「それを　ぜんぶ　やってたら、じかんが　いくら

あっても　たりないわ。」と、ロザモンドが　いいました。

「手《て》わけして　やるんだ。」と、ぼくは　いいました。

「だれが　どれを　やるか　きめよう。できれば　ふたり一《ひと》くみが　いい。あいぼうが　いたほうが　いいからね。」

「あいぼう？」

めったに　しゃべらない　ピップが　いいました。

「そう。あいぼうが　いたほうが、たすけあえる。ぼくには　すばらしい　あいぼうが　いる。スラッジさ。」

「スラッジも　いくの？」

と、アニーが　いいました。

「いや、スラッジは　ぼくの
あいぼうだから　ここに　いてもらう。」
「じゃあ　みんな、いくわよ！」
と、ロザモンドが　いいました。

## ナゾときポイント

さあ、みんなには　いそいで
もらわなければ　なりません。
これいじょう　あれこれ
はなしていたら、アイスクリームが
ぜんぶ　とけて　しまいます。

でも、さいごに　もう一《ひと》つ、
おしえられることが
あるとしたら、
それは　パンケーキを
たべることです。
手《て》がかりを　あたまの
中《なか》で　せいり　するには、
パンケーキを
たべるのが　一《いち》ばんだよ。

まきの５

# パンケーキと　とけた　アイスクリーム

ぼくは、パンケーキを　つくり、スラッジには、ほねを　一本《いっぽん》　やりました。

ぼくは、たべながら　かんがえました。いま　わかっていること、それは、ファングが　さいごに　もくげき　されたのは、みどりいろの　ぼうしを　かぶった　おばさんの　あとを　ついていっていた、ということです。

もし　おばさんが、きょうも　おにくを　もっていたら、ファングは、それに　ついていったのかも　しれません。

でも、もし　おにくを　もって　いなかったら、
ファングは　おばさんの　うしろで　いったい　なにを
していたのでしょう？　たまたま　おばさんの　うしろに
いただけ　だったとしたら——？
おばさんは、この　じけんの　じゅうよう　じんぶつ
かもしれないし、そうでないのかも　しれません。
とにかく　ファングは、なにか　りゆうが　あって、
アニーと　ハリーの　もとから　はなれなければ
ならなかった　はずです。
ぼくは、スラッジを　見《み》ました。

スラッジが　にげ出《だ》すことって　あるでしょうか？
もし　だれかが、スラッジを　おどろかせば、そうするかも
しれません。でも、ファングは、だれも　おそれません。
みんなが　ファングを　おそれて　いるのです。

「ぼくらも　さがしに
いきたいけど、きょうは、
たんてい　きねん日《び》で
うごけないんだ。」
と、ぼくは　スラッジに
いいました。

## ナゾときポイント

めいたんていの　ネートも
そとに　出《で》て、ファングを
さがすべきでしょうか？

ぼくは、パンケーキを
たべおえ、ママに
おきてがみを　かきました。
スラッジは　まだ
ペロペロ　やっています。

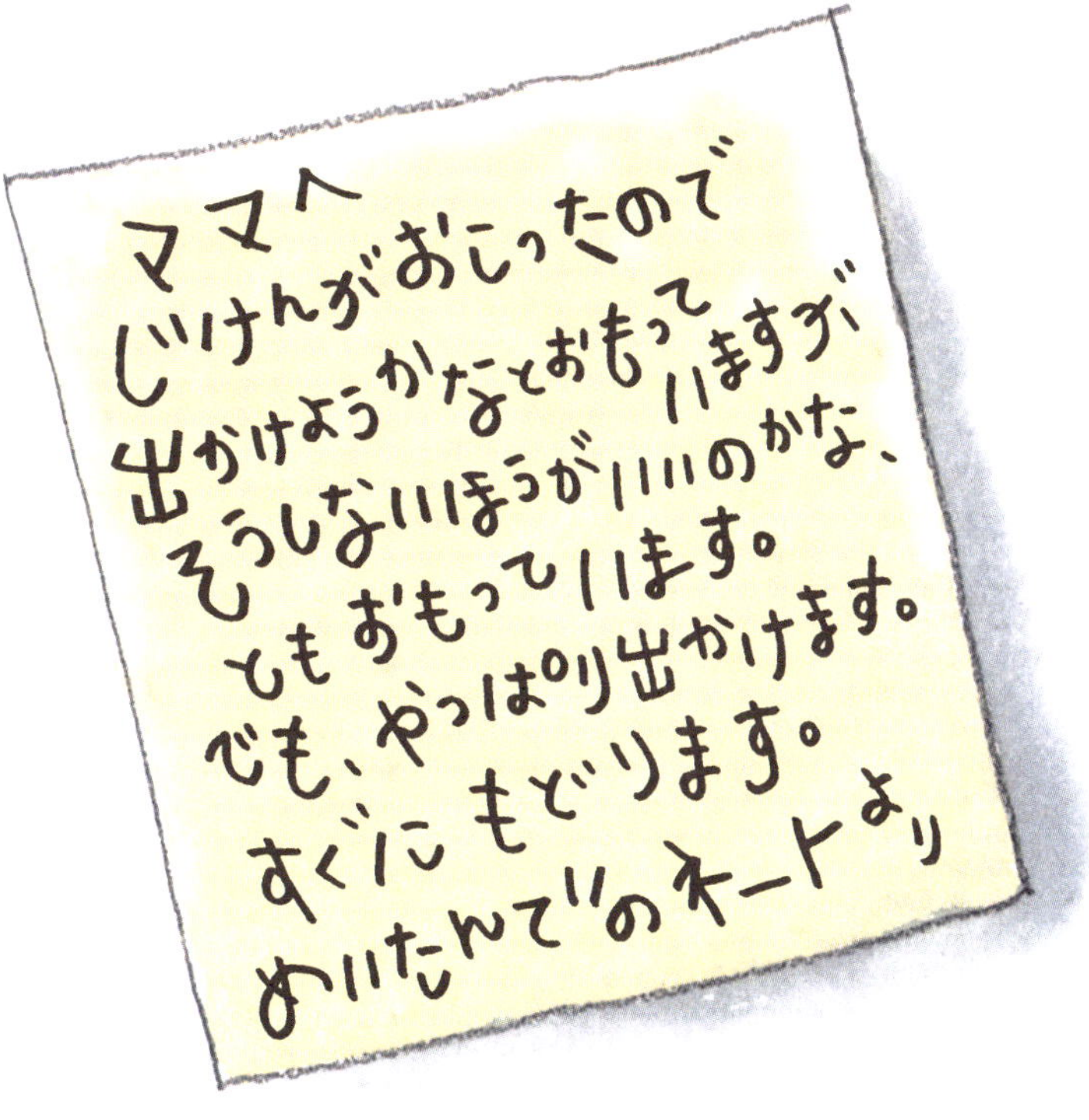
ママへ
じけんがおこったので
出かけようかなとおもって
いますが
そうしないほうがいいのかな、
ともおもっています。
でも、やっぱり出かけます。
すぐにもどります。
めいたんていのネートより

いちごあじの　アイスクリームを　なめていたのです。

アイスクリームが　とけて、テーブルのはしから、スラッジの　あたまにポタポタと　おちていました。

「こんかいも　ぼくを　たすけて　くれるの？」

と、ぼくは　スラッジに　ききました。

スラッジは、いつも　じけんの　手《て》がかりを　くれるのです。

ところが、スラッジは、なめるのに　いそがしいようです。

いや、もしかすると、これこそが　手《て》がかりで、ぼくに

なにかを　つたえようと　しているのかも　しれません。
そうです！　この　ペロペロが、手《て》がかりです！
これこそが、スラッジの　かんがえた　こたえなのです。
そして　いま、ぼくにも　その　こたえが　わかりました！

## ナゾときポイント

さあ、きみは　わかったかな？　この　じけんで、
じゅうような　こととは　なんだったのか？
そして、どれが、ほんとうの　手《て》がかり　だったのか？
かんがえてみて！

まきの６

# ほんとうの　手《て》がかり

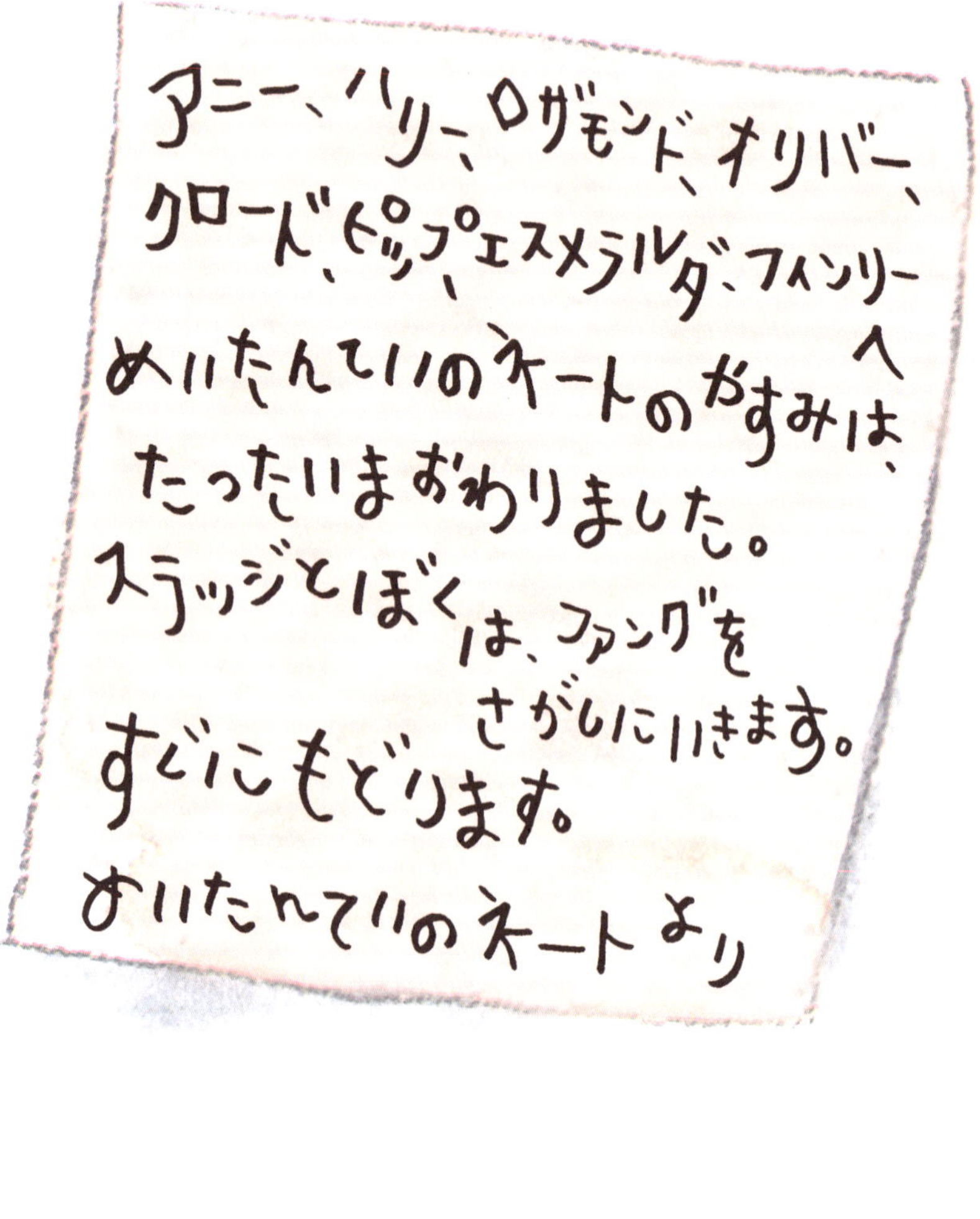
アニー、ハリー、ロザモンド、オリバー、
クロード、ピップ、エスメラルダ、フィンリー
へ
めいたんていのネートのやすみは、
たったいまおわりました。
スラッジとぼくは、ファングを
さがしにいきます。
すぐにもどります。
めいたんていのネートより

ぼくは、もう　一《いち》まい
おきてがみを　かき、
スラッジと　出《で》かけました。
どこに　いくかは、きまって
いました。そして、よそうどおり、
そこに　ファングが　いたのです！
　ファングは、ねむって
いましたが、おきて　ぼくたちに
気《き》が　つくと、とても
よろこびました。

ぼくたちも　よろこびました。
めいたんていの　ネートは、
ファングに　あえて
うれしくなるなんて
おもっても　みませんでした。
スラッジと　ファングと
ぼくは、いっしょに　うちに
かえりました。

**ナゾときポイント**

ファングは　どこに　いたと

おもう？　これが　一《いち》ばんの　もんだい　だよね。
きみも　この　なぞが、とけたことを　いのります！

みんなは　もう、うちで　まって　いました。
ぜんいん、がっかりした　かおを　していました。
そこへ　スラッジと　ぼくが　入《はい》り、あとから
ファングが　入《はい》って　きました。
「ファング！」
ファングを　見《み》た　アニーが　さけびました。
アニーと　ハリーは、かけよって、ファングを
だきしめました。

「あぁあ、生《う》まれながらの　たんていである　あたしが見《み》つける　はずだったのに。」と、ロザモンドが　いいました。

アニーは、ぼくを　見《み》つめながら　いいました。

「いいえ。あなたこそ、生《う》まれながらの　たんていよ。ねえ、ファングは　どこに　いたの？」

「スラッジが、大《おお》きな　手《て》がかりを　くれたんだ。」

と、ぼくは　いいました。

「ほんとうの　手《て》がかりは、きみが　ファングに　おぼえさせた　げい　だったんだよ。」

アニーは、びっくりした　かおを　しました。

「いま、わけを　せつめいすると、ファングが　またどこかに　いっちゃうか、あたまが　こんらんしちゃうとおもうんだ。」

と、ぼくは　いいました。

「じゃあ、ファングを　だいどころに入《い》れとくわ。」と、アニーは　いって、ファングを　だいどころへ　つれていきました。

　アニーが　もどってくると、ぼくはせつめいを　つづけました。

「きみは　さっき、ファングの　げいについて　おしえてくれたよね？　まず、『トリック　と　リック』。つまり、お手《て》と、ペロペロ　なめること。つぎに『ウェイト　と　ゲイト』。まてと、もんへ　いけってこと。それから　きみが、つぎの『パーク　と……』まで　いったとき、ロザモンドがはなしの　じゃまを　しちゃった。」

ぼくは、みんなを　見《み》まわしながら　いいました。

「『トリック　と　リック』『ウェイト　と　ゲイト』それぞれ　ことばが　にてるよね？　そしたら、『パーク　と……』の　つづきは、なんだと　おもう？」

「そんなの　かんたんよ。」と、ロザモンドが　いいました。
「そう。こたえは、『バーク』。つまり『ほえる』って
ことさ。」と、ぼくは　いいました。
「たしかに　そうよ。」と、アニーが　いいました。
「『パーク　と　バーク』。こうえんに　いけと、
ほえなさいって　げいを　おしえたわ。それで？」
「ファングが　小《ちい》さな　二《に》ひきの　プードルに
出《で》くわしたとき、プードルが　ファングに　ほえてきたから、
きみは　プードルに　ほえかえしたんだよね？　ファングは、
それを『バーク』の　めいれいだと　おもったんだ。

ファングは、
ぜんぶ　ぎゃくに
おぼえちゃってたんでしょ？
だから、もう　ひとつの『パーク』、
つまり、こうえんへ　いけってことと
かんちがい　したのさ。だから、ぼくが
ファングを　見《み》つけた　ばしょ　というのは、
こうえんって　わけ。ファングは　プードルを
こわがって　にげ出《だ》したんじゃない。
アニー、きみの　めいれいに　したがった

だけなんだよ。そして、きみが　むかえに　くるのを　まってたんだ。」

と、ぼくは　いいました。

「あんた、休《やす》みだって　いうのに、じけんを　かいけつしちゃったわね。」と、エスメラルダが　いいました。

ロザモンドが、はくしゅ　しました。

「さあ、これで　やっと　パーティーが　はじめられるわ。」

と、ロザモンドは　いって、だいどころへ　いきました。

すると、あわてて　もどって　きました。

「ちょっと！　ファングが　アイスまみれに　なってる！

ネート、あんた　じけんを　かいけつするのが　おそすぎたわ。
もう　まぐろの　パンケーキしか　ないわよ。」
「しんぱい　ごむよう。」
と、ぼくは　いいました。
「めいたんていネートの　パンケーキを
ごちそうするよ。とくべつな　やつをね。」

## ナゾときポイント

ぼくが　みんなに　つくった　とくべつな
パンケーキは、ラトケスって　いうんだ。
つくりかたは、六十《ろくじっ》ページを　見《み》てみて！

ぼくは、たくさん　ラトケスを　やきました。

「さあ、いただきましょう！」と、ロザモンドが　いいました。

みんなは　せきに　つきました。

「めいたんていの　ネートの、たんてい　きねん日《び》に
かんぱいね！」と、アニーが　いいました。

「きょうは、あたしたち　ぜんいんが　たんてい　だったわね。
みんな、よく　はたらいたわ。」と、ロザモンドが　いいました。

「そのとおり。でも、たんていに　なるには、まだまだ
おぼえておかなきゃ　ならないことが　たくさん
あるんだからね。」と、ぼくは　いいました。

Sour
APPLE SAUCE

## ナゾときポイント

きみも　よく　はたらきました。さいごに、じぶんの
メモがみに「きょう、めいたんていの　ネートと
じけんを　かいけつ　したよ。やったね！」と
かきこもう。さあ、きみも　ここに　すわって。
いっしょに　ラトケスを　たべよう！

（おわり）

## つくりかた

**1.** 大《おお》きなボウルに　たまごを　わって　入《い》れ、
こむぎこ、たまねぎ、くろこしょうも　入《い》れて、
あわだてきで　よく　かきまぜます。

**2.** 千《せん》ぎりにした　ジャガイモを　水《みず》に　ひたしたあと、
ペーパータオルの　上《うえ》に　のせて、水《みず》けを　とります。
それを　**1.** の　ボウルに　入《い》れて、かるく　かきまぜます。
これで　ラトケスの　きじの　かんせいです。

**3.** ちゅう火《び》で　あたためた　フライパンに、
小《こ》さじ　1ぱいの　バターを　のせて　とかします。

**4.** **2.** で　つくった　きじを、スプーンなどを　つかって、
フライパンに　ながしこみます。
できるだけ、まるい　かたちに　しましょう。

**5.** かためんを　3ぷんずつ　やくか、
ひょうめんが　きれいな　ちゃいろに　なるまで　やきます。

この　りょうで、10まいくらい　やけます。
おこのみで、アップルソースや　サワークリームを　つけて　たべてね。

**2ページで、○○○に　入《はい》る　なぞの　ことばが　あったのを　おぼえて　いるかな？**
**こたえは　わかった？　せいかいは……**

**ほえる　でした！**

**こたえを　さがすのに　あちこち　見《み》てくれた　でしょうね。**
**ごほうびに　ラトケスを　たべよう！**

# ネートの「ラトケス」レシピ

ラトケスとは、ジャガイモで　つくる　パンケーキだよ。
ぼくは　とくべつな　ときにだけ　つくるんだ。ママや
パパにも　手《て》つだって　もらって、つくって　たべてみてね！

## ようういするもの

- 大《おお》きなボウル
- ペーパータオル
- フライパン
- フライがえし
- あわだてき（なければ、大《おお》きなスプーンなど）

---

- じゃがいも（かわをむき、千《せん》ぎりにしたもの）…4つ
- たまご……………………………………………2こ
- こむぎこ………………………………………カップ 1/3ぱい
- みじんぎりにした　たまねぎ　………………カップ 1/4ぱい
- くろこしょう　…………………………………小《こ》さじ1/4ぱい
- バター……………………………………………小《こ》さじ1ぱい

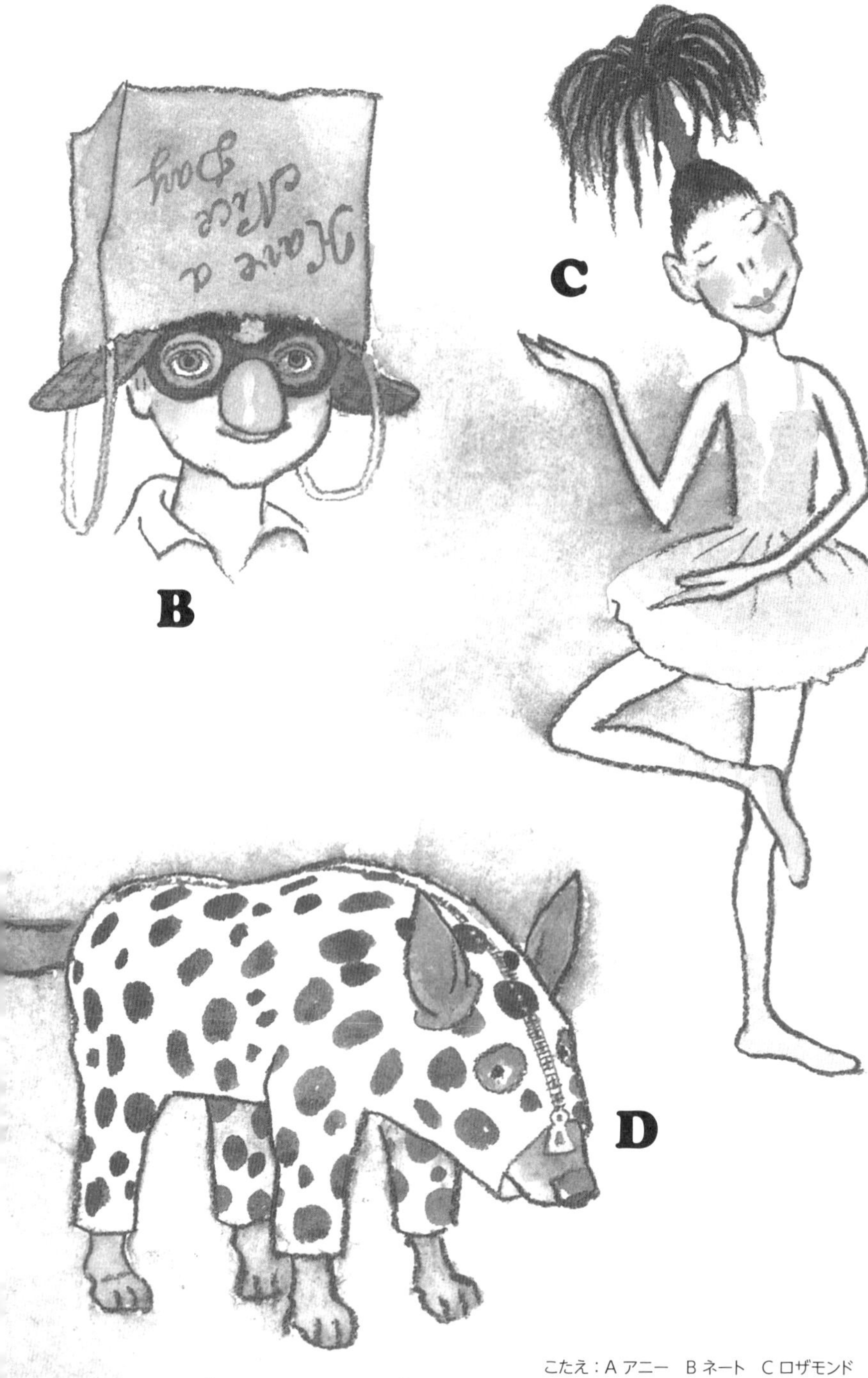


こたえ：A アニー　B ネート　C ロザモンド　D ファング

# ネートの　おまけの　はなし

## へんそうで　あそぼう!

たんていは、ときどき、だれにも　気《き》づかれないように、
じけんを　しらべなければ　ならないときが　あるよ。
そんな　ときは、ちがう　だれかに　へんそうを　するんだ。
4つの　えは、だれかが　へんそう　しているよ。
だれだか、わかるかな?

かんたんに　できる　へんそうクイズを　しょうかい　するよ。
まず、ママや　パパ、きょうだいなどの　しゃしんを
1まい、手《て》に　入《い》れよう。
その　しゃしんに　うすい　かみを　かさねて、
かおを　えんぴつで　なぞる。
つぎに、その　えに、その人《ひと》が　いったい　だれなのか、
わからなく　なるようなものを　かきくわえて　いこう。
(たとえば、ヒゲや　ぼうしや　かみのけなど)
さいごに、その　えを　ほんにんに　見《み》せて、
じぶんだと　わかるか、ためして　みると　おもしろいよ!

A

## あとがき

「ぼくはめいたんてい」（原題 “Nate the Great”）は、1972年、アメリカで第１作が発表され、現在は25作品をこえる人気のミステリーシリーズです。

日本では、これまで12作品が紹介され、このたび、新しい５冊が加わりました。ハロウィンに子ねこがいなくなってしまったり、やぶられたなぞの紙切れを追跡したり、外国でなくなったものを探すことになったり、犬のスラッジになぞのバレンタインが届いたりと、どれも楽しいお話ばかりです。さらにもう１冊、他とは少しちがい、ネート君が読者になぞ解きのレクチャーをしながらお話が進む、といった巻もあります。そしてそれらすべての事件をネート君が見事に解決してくれるのです。

新シリーズも前シリーズと同様、登場人物は増えませんし、舞台も変わりません。すべてがネート君の身の回りで起きる、いわば“ささいな事件”です。無意味やたらに物語の世界を広げない、という作者のこだわりが垣間見られますが、それこそが、このシリーズの肝だと私は思っています。ミステリーだからこそリアリティを求め、容易にファンタジーには逃げない。それは作者が読者を一人前の人間として扱っている、という姿勢そのものなのです。

その作者、マージョリー・ワインマン・シャーマットは、1928年、アメリカ、メイン州のポートランドに生まれました。ウェストブルック短期大学を卒業後、エール大学の図書館で働き、1957年、作家のミッチェル・シャーマットと結婚。二児の男子をさずかり、1967年に作家デビュー。著作は100冊を超え、これまでにさまざまな賞を受賞しました。現在では、夫との共著で、ネートのいとこのオリビアという女の子が活躍するスパイシリーズも発表しています。

画家のマーク・シーモントは、1915年、フランス、パリに生まれました。両親はスペイン人で、幼少期はフランス、スペイン、アメリカと転々としました。1932年にパリに戻り、いくつかの学校で絵を学ぶと、1935年に再び渡米。ニューヨークの国立デザインアカデミーに通い、翌年に帰化。デビュー作は、1939年、エマ・G・スターン作の児童文学の挿絵で、以来、著作は100冊を超えました。ですが2013年７月、惜しまれながら97歳で亡くなりました。

新シリーズも、ネート君の魅力が満載です。どうかたくさんの読者に楽しんでもらえますように。そして日本中に、ちびっこ名探偵が増えますように！

（訳者）

## 訳者紹介

**小宮 由(こみや ゆう)**
1974年、東京生まれ。学生時代を熊本で過ごし、大学卒業後、児童書版元に入社。
その後、留学などを経て、子どもの本の翻訳に携わっている。
東京・阿佐ケ谷で家庭文庫「このあの文庫」を主宰。
実家は児童書専門店を経営。祖父はトルストイ文学の翻訳家、故・北御門二郎。

ぼくは めいたんてい
**にげだしたファングを さがせ!**
ぶん　マージョリー・ワインマン・シャーマット
え　マーク・シーモント
やく　小宮 由

2014年 2 月20日　第1刷発行
2022年 6 月30日　第4刷発行

発行者●藤川 広
発行所●大日本図書株式会社
〒112-0012 東京都文京区大塚3-11-6
URL●https://www.dainippon-tosho.co.jp
電話●03-5940-8678(編集)
03-5940-8679(販売)
048-421-7812(受注センター)
振替●00190-2-219

デザイン●籾山真之(snug.)
本文描き文字●籾山伸子(snug.)

印刷●株式会社厚徳社
製本●株式会社若林製本工場

ISBN978-4-477-02670-1
64P　21.0cm×14.8cm　NDC933
©2014 Yu Komiya　Printed in Japan

本書の一部あるいは全部を無断で複写複製することは、
法律で認められた場合を除き著作権の侵害となります。

NATE THE GREAT AND ME:
THE CASE OF THE FLEEING FANG
by Marjorie Weinman Sharmat and Marc Simont
Text copyright ©1998
by Marjorie Weinman Sharmat
Illustrations copyright ©1998 by Marc Simont
Japanese translation rights arranged with
MB and ME Sharmat Trust and
Marc Simont c/o Harold Ober
Associates Incorporated, New York,
through Tuttle-Mori Agency, Inc., Tokyo
Activity pages by arrangement with
Random House Children's Books